勾配

牧野芝草
Makino Shiso

六花書林

勾配 * 目次

装幀　真田幸治
扉・写真　牧野芝草

勾配

世界がぐるっと回れば次の街並みが広がっていて上手へ歩く

二十五時

触角《アンテナ》のように白髪が頭頂に立っているのは見ぬふりをする

まつげの長い男とふたり饒舌にならないままに運ばれている

それぞれの鼻それぞれの耳それぞれの眉・目・唇・顎　それぞれの

"The doors on the right side will open."と女の声が繰り返す（開かないかも、左側かも）

終電を降りた多数の乗客のひとりとなって改札を出る

モザイクのエンゼルフィッシュのいる壁が右手に見えて地上へ上がる

日ごと夜ごと新種は生まれぼくたちの未来に花を添えてくれる、か

冬から春へ

二週つづきの雪の週末　今週は富士の見えない場所へ出かける

レポーター風に動画を撮っているロシアの女性を追い越していく

この山はキリンレモンが優勢でほかの会社の看板がない

ろうそくもお供えものも並ぶ棚　本殿前の茶店の前の

風花の舞う麓から頂上へ登ればしっかり雪空である

見晴らしはあまりよくないポイントに展望台という看板が

四つ辻を右に曲がって石段を登る　残りの時間をかけて

空から子どもの声が聞こえる国道を西陽を受けて歩いて行った

西陽を受けて歩く歩道に落ちる影のぼくの頭を踏んで行くひと

春一番

泥縄で飛び込む三月　勢いのままに大きな波を乗り切る

遠来の客をもてなすことこそがミッションであるひとたちと会う

海も山も見える自慢の一室で自慢のツボをおとなしく聞く

風の強い港を歩く　幼子を連れた夫婦に混ざって歩く

3000人入るホールのホワイエに海の向こうの建物を見る

工事中のホールをそっと見せてもらう　にわか関係者の顔をして

フラッシュが焚かれるロビーの脇を抜け同じルートを三回歩く

＊

仲見世も少しは空いている時間　種々の言語に混ざって歩く

靖国の大きな鳥居に突き当たり右にそれから左に曲がる

裏道をさらに曲がって隠れ家の二階の四畳半を訪ねる

緋毛氈が敷かれて太鼓が運ばれて小さな座敷にひびく三味線

きれいどころと言っても千差万別と思う（一番きれいなすずちゃん）

＊

大波を越えて週末　柔らかい日差しの中の川原を歩く

イヌフグリの青点々と週末の川原に灯る（背中がゆるむ）

紅梅が川のむこうに咲いている　去年もきっと見たはずの木の

PubMed をひく

https://pubmed.ncbi.nlm.nih.gov/

名を残すことのないまま出た研究室《へや》のひとの名前で PubMed《パブメド》をひく

偶然を否定するため繰り返す　成功率の低いテストを

血球計算盤にカバーグラスを押しつけて干渉縞ができるのを見る

ときどきの研究室《ラボ》の事件をあなたから教えてもらうことはもうない

引っ越しを繰り返しても本棚にStryer《ストライヤー》とCell《セル》がまだある

元ボスの受章を祝う会で会うあなたのことを考えている

著者の名で呼ばれる本を何冊も持っていた日を青春と呼ぶ

海の日

エントランスの花はヒマワリ　振袖やTシャツを着た人が見上げる

数日来の酷暑は若干落ちついて記念写真を若者が撮る

花の前に女を立たせ次々にカメラを構える男・男・男

披露宴帰りの男女の輪ができてしばらくのちに固まって去る

ペパーミントグリーンは今年の色らしい　視界に四つ入る差し色

おそろいのワンピースを着た親子連れが小走りに炎天下へと去る

少女二人はスキップでゆく　手をつなぎ楽園の外の世界へとゆく

傘を借りてタクシーに乗る　遠来の二人を後ろに　助手席にぼく

ここに来るのも三度目になりおおよその説明くらいはできると思う

裏側はそのまま道路につながっていてタクシーに乗る　雷が鳴る

予定より10分遅れて進行しディスカッションがバッファになる

あわただしく追い出すように見送って夕陽に赤く照る雲を見る

借りてきた傘を三本ぶら下げて元きた道を返しに戻る

*

そのあとのことには触れずなにごともなかったように握手を交わす

仕事から話題は離れないままに体裁のいい前菜は消え

メインディッシュは三人同じ　オクラとナスにナイフを入れる

心配はほとんど解消されなくてつるりと口に入るプディング

その日

台風15号が鎌倉に来て風向きの変わってゆくのを見ていた　その日

「首都圏に上陸したのは12年ぶり」とYahoo!が教えた　その日

夕方に雨はおさまり学食に傘を持たずに出かけた　その日

NHKニュースは羽田《はねだ》空港や多摩川《たまがわ》河川敷の被害を中継していた　その日

いつもより少し早めに（22時）「お先に」と言い帰った　その日

西門を出たときちょうどJ-WAVEが臨時ニュースを伝えた　その日

旅客機が衝突したというニュース　最初は事故だと思った　その日

数分後二機めが衝突したと聞き核報復を恐れた　その日

同じ電車でぼくだけラジオを聴いていて黙っているしかなかった　その日

ガラスに映る車内を見ながら　『コップ一杯の戦争《短編》』を何度も反芻していた　その日

collapse《退縮》と一義に訳せていた日々は乱暴だったとわかった　その日

ジュネーヴ行

空港へ行くバスに乗る（朝7時）ロシアへ帰る老人たちと

同行の先輩女性と落ち合って出立前のドタバタを聞く

小型機の乗客はほぼ関係者　知人の知人という人に会う

アルプスの稜線に入る太陽を捕まえたくてシャッターを切る

一日中追いかけてきた太陽についに別れを告げる空港

午前2時に目が覚めるのを意図的に就眠モードに切り替えて寝る

上司二人が加わってのちくっきりと仕事の色が濃くなる朝は

下の名前《ファーストネーム》で呼び合う相手が増えていく　握手もキスも難なくこなす

次にどんな場面が出ても慌てないくらいの覚悟ははじめからある

夕飯を上司につき合う日が続く　こちらの好みも次第に漏れる

裏道を行けば窓から厨房が見えてコックの写真を撮った

同じ街に留学中の友人とＴＬ《タイムライン》で話して終わる

Kの結婚

仮定法過去完了で思い出すあのときぼくがしなかったこと

いつかこんな日が来るだろうと思っていたのとほとんど同じ現実が来る

この人とは結婚しないだろうということを　ぼくが先にそう思ってた

知り合って20年経つ友人は友人以外にならないままに

今度会ったらどんな言葉をかけるだろう　今も変わらず大事なひとだ

会議

リーダーと副官という設定を意識しながらテーブルにつく

デンマーク、次いでオランダ、順番に朝を迎えてメールが届く

めんどくさい部類のひとと思われていると思ってメールを送る

ダブリン・ドーハ・東京・シドニー・ボストンを電話でつなぎ「おはよう」と言う

ガラス張りの建物にいて向こうから橋を渡って来るひとを待つ

五代目

受付は町会・一般・業界に分けられていて「一般」へ行く

背の高い青年、小柄なベテランが左右にいれば五代目も無事

業界のつきあいを避けていた五代目がビールを持って挨拶に来る

東京の住宅街に苦瓜が茂る家、ひょろっと伸びている家

兄弟が欠けてゆくのを五代目と同じ世代のぼくは見守る

沼津・修善寺

青い電車を次から次へ追い越して日本最古の線路を走る

七人を二つに分けて　食事する女子三人の席は明るい

七人がそれぞれ違う方向を向いてノートを広げて黙る

雲の形があまり変わらぬ朝である　遠い南に台風がいる

服部真里子が入ってさらに華やかになる女子席の楽しげなこと

線路を跨ぐ道路の「止まれ」の標識が映画のように視界に入る

海が見えると入るスイッチ　根府川に着く直前の車内にひかり

細長い荷物を持った人たちが下車したホームにいる赤とんぼ

トンネルにいるあいだじゅう函南という字がドアの上に灯って

隣の席の大学生の紀伊國屋書店のカバーのまっさらな本

大学生は三島の駅で降りていく（沼津は次だ）明るい駅だ

川を下る舟を見送り真夏日の秋の日差しの中を戻った

路線バスを貸切観光バスに変え杉本運転手の名案内

沼津魚市場（株）営業4課は欠番で魚河岸2階の明るいオフィス

旅館から迎えのマイクロバスが来て入江をぐるっと廻ってくれた

富士山が真正面に見えている場所でみんなが写真を撮った

赦されてこの一群のしんがりを歩く　みんなの背中が好きだ

ぼくは水族館に行かなかった
それぞれがサケビクニンの特徴をぼくに力説してくれるのだ

海に入る日がまっすぐに入る窓　並びの三部屋に分かれて泊まる

「牧野さん、後光が差していますよ」と廊下で平岡直子が笑う

＊

ツーリングコースのようで大型の二輪の人《ライダーたち》の多い山道

広々とした駐車場の全面を使って大きくターンするバス

修善寺は手水も温泉　黒松の五葉の松を左右に従え

ガチャピン

どことなく違和感のあるガチャピンに見えるのはたぶん季節のせいだ
気がつけば画伯と呼ばれている友が次元のずれたガチャピンを生む

斑点の多いぱんだと凜としたガチャピンをもつ広いふところ

街じゅうに靄がかかっている朝にガチャピンだけが鮮明である

旅　その1

『黒と茶の幻想』という長い旅を数日分の避暑地に選ぶ

雲の向こうに行けば必ず太陽がある　飛行機が離陸していく

空港で会うひとたちは誰もみなどこかで会ったような気がする

長い長い長い一日のおしまいに徐々に高度を下げる飛行機

気の良さそうなおじさんが売る　完全につくられているウサギの肉を

ぼくに合うサイズがなくてある中で一番小さな靴をもらった

あなたはここにずっといたのか　予想より大きな白い鳥に出会った

お台場

江東区と港区が隣り合う場所にアサリの貝殻のある浜がある

八面＋二面はすべて満員のビーチスポーツ専用コート

犬を連れた夫婦のあとをついて行く　遊泳禁止の砂浜にいて
中国語・韓国語・たぶんタガログ語　お台場海浜公園に聞く
虹の橋のたもとにあって「虹の下水道館」という名称をもつ

八月に国際大会があるという掲示が入江の中央にある
掘れば水の出る砂浜にポロシャツの少年二人の領土があった

宇治

今日の滋賀はマグリットの空　出張の荷物に葛原妙子を入れて

＊

十二たび鍍金を重ねて作られた宝珠その他が屋根に輝く

いつかぼくが死ぬときに見る光景がこれであるならいつか死にたい

「この人ら全員きっと女子十二楽坊ですよ」と青年が言う

弁当を広げるひとに鳩たちが羽音をたてて集まってくる

橘橋を渡って塔の島に立つ　鳩がどんどん集まってくる

鵜の休む川辺の小屋に〈女性鵜匠　沢木〉と書いた木の札がある

駅　その1

いつまでも消えない水たまりがあり400年前まで海だった

これからここに駅が造られていくのを見守る日々が今日始まった

ススキの中に踏切があり踊り子や新幹線が通過していく

集団でラジオ体操するひとの背中の反射シートが光る

ところどころに仮設トイレが野ざらしの新駅予定地に立っている

リオ・デ・ジャネイロ

日本では月蝕だった満月がリオ・デ・ジャネイロの空に明るい
海沿いの部屋から見える砂浜と大西洋から昇る太陽

窓ごとに半裸の男たちがいて黙って道を見ている昼間

ぼくらにはスラムに見える町並みを小学生が歩いて帰る

18km続く砂浜　太陽を浴びて遊んでいる人がいる

アラスカへ飛ぶ飛行機にデジタル化された書庫から本を取り出す

入眠を誘う香りを振りまいて丑三つ時のまぶたを閉ざす

秋の日々

国道の街路樹にいる蟬たちが季節の変化を教えてくれる

秋に咲く品種の桜が咲いている境内などをめぐって過ごす

レンブラントの素描見たさに夕方の道を急いで美術館へと

一点に光を集中させるため凹面鏡の角度を変える

サドルだけ盗まれたのでサドルだけ新しくしたぼくの自転車

「九代目坂東三津五郎《うちのおやじ》」とルビが振られて十代目《そのひと》の声の聞こえてくるインタビュー

遠い日の本棚にある『エルマーとりゅう』から続く無数の扉

電車　その1

春の日はいっとき本から目を上げて桜並木を見て目を戻す

空港へ行く電車には大きめのスーツケースの若者がいる

駅を出たところに電気掃除機が朝日を受けて転がっている

書類鞄《ブリーフケース》を持ったウルトラマンがいて秋葉原から電車に乗った

いくらでも眠れてしまう勢いで帰りの電車に揺られて眠る

等身大の大竹しのぶが泣いている　多くの人の背景にいて

目の前の男のリュックのファスナーが全部5センチずつ空いている

ポケットにLARKの箱を持っている男について電車を降りる

改札を見下ろす席に通されてときどき赤く光る改札

ながいお別れ

「薄皮を剥ぐ」ようにだんだん薄くなる存在感を惜しむほかなく

発生の最終過程の数日を過ごすＦ氏の傍らにいる

月曜の始発電車が踏切を通っていった（呼吸が荒い）

カウントダウンの単位は日から時になってまもなく分になることだろう

「いつ何があってもおかしくない」と言う〈いつ〉がいつかを考えていた

八重桜満開である昼下がりＦ氏を乗せて高速に乗る

車からまっすぐ炉の前へ行くようにシステマティックな動線を引く

名札はずっとかけられたまま　人が去れば写真はすぐに外されていく

満開のツツジの花とさみどりのイチョウとケヤキが見守っていた

父と母の遺伝子を持って生まれるというだけのこと　どのひともみな

安曇野

ワレモコウ、ススキ、コスモス、ヒガンバナ　半月ぶりの秋晴れの日に

遠くから千種創一《スペシャルゲスト》が参加していて再会を神社で祝う

手を二回打ち鳴らすとき神職は笏を右手の腰にはさんだ

目が慣れてくればわさびはあちこちで栽培されている安曇野市

盛りだくさんの夕食の膳　豚しゃぶを固形燃料ひとつで作る

風呂タイム、作歌タイムとそれぞれに分かれて夜を過ごす（しばらく）

下馬評どおりにK氏がゲームで本年の〈最も善い人《most reliable person》〉となる

ドーハ

昨日から地続きのまま朝がきて39℃の風に吹かれる

この旅のあちらこちらで繰り返しF氏を思い出すのだろうか

バスタブも便器も洗面台もみな Villeroy & Boch　ビレロイ・ボッホ

白い服の男が数人、入口に黒衣の王女を起立して待つ

王女は首相の母だと言われ自席からズームでベールの顔を見ている

コーヒーがおいしい　昼はクスクスやエビのカレーがホールに並ぶ

四年めになれば見知った顔もいてファーストネームで呼んでハグする

一年前にリオで挨拶した人と今年も一緒に写真を撮った

シミュレーションセンターへ行くバスに乗り暗い悪路を30分行く

恐ろしく近代的なデザインの巨大なビルの中の噴水

帰ってもF氏のいない長旅の最初の旅がまもなく終わる

24時間稼働している空港に午前1時の飛行機を待つ

ヒマラヤを越えてモンゴル上空で日本時間に再設定する

たそがれの茨城県の上空で車輪を出している音がする

日々　その1

決然と頭を上げて過ぎるときコンクリートの鳥居は静か

おだやかな日差しの中に水色のキンクロハジロのくちばしが照る

先週の雪が歩道にとけ残り長い波打ち際をつくった

人生で最初の友人たちと会う　幼名ばかり飛び交う夕べ

小籠包・餃子・その他の並ぶとき声はだんだん柔らかくなる

唯一うごくものが送ってきたデータから再構成される火星よ

漱石に叱られたくてときどきは『漱石文明論集』を読む

着ぐるみのパンダの首が見えている　子どもに手を振る後ろ姿の

盛大に洗濯物を干したまま街へ出かける　友だちに会う

友人にそっくりの目の幼子が両手で口にカップを運ぶ

レポーター席に座って訥々と花山周子の飲むアリナミン

保温ポットに湯冷ましを入れ週末は大盛況の中に紛れる

日間賀島

波をわけて島へ向かっていく船はかたわらに虹従えている

釣り人を突堤に見て北側にまわれば波に洗われる磯

北側の磯に無数のトンボいて漁船がすれ違って目の前をゆく

地図を作るような気持ちで路地を行く　小さな猫がぼくを見ていた

蛸はそれぞれ名札をつけて竹ひごに伸ばされながら風に揺られる

師崎行き・河和行き高速船が来てイルカの生簀のふちが波打つ

もろもろは忘れたことにして今はほかの家族とイルカに触る

駅　その2

何か大きなものが来るのを待っている深夜の工事現場を過ぎる

駅の向こうの現場へ向かうひとのうち最年少は資材を担ぐ

踊り場のある階段の骨格が吊られて宙を移動していく

クレーンを支える大きな塊が3番ゲートのすき間に見える

90年前の駅舎が少しずつ壊されながら機能している

連休

フランス山のヒマラヤ杉の木漏れ日を黄色いシャツの幼児が走る

立夏まであと数日の公園に満開の薔薇、橘の花

橘の匂う木陰を通り過ぎまぶしい広場の薔薇を写した

薔薇園に満開の薔薇　大型のカメラを構える男を避ける

スーパーに夏の野菜が増えてきてきゅうりの棚できゅうりを選ぶ

アオサギの顔を正面から見ると嘴部分が少し黄色い

日々　その2

窓一枚分を切り抜き玄関の壁に掛けたいほどの夕焼け

土地の名を冠してみどり洋品店幹線道路沿いにたたずむ

海底へ沈んでいくかと思うほど空気が重い　理学部へ行く

曇りガラスの向こうに違う髪型の首が三体あって目が合う

錆色に下塗りされて一日ごとにきれいになっていく歩道橋

夫を亡くしてここへ戻ってきたひとにお帰りなさいと言ってしまった

ラジオ体操第一だけで大腿が筋肉痛になる日々である

亀の泳ぐみどりの川を見下ろせば低いところをツバメが過ぎる

完璧な装備の教授に連れられて対岸にいるカワセミを観る

40年後はこの顔になる顔に会いにはつなつ電車を降りる

裏道に三軒並んだ居酒屋の真ん中だけが満席である

「春夏冬中《商い中》」の小さな旗が揺れている鰻のたれの匂うまちかど

熱海

〈紅葉の間〉にいて大きな鯉を見る　池に張り出す松の根元に

浴室のステンドグラスも上半分は透明ガラスで景色が見える

向かい風に乗ってするりと上昇し一度羽ばたき南へ飛んだ

三歩三歩手帳にメモを　スカートは風にはためく　俯く・歩く

茎先《なかごさき》・銘《めい》・茎棟《なかごむね》・目釘穴《めくぎあな》・刃区《はまち》・棟区《むねまち》・刃文《はもん》・鎬地《しのぎじ》

初島も熱海市のうち　展望台に見下ろす海のさまざまなあお

被害者

目がすわるというのはこの目か　睨まれて暴力沙汰の被害者となる

ほんのささいな問題でしかないものを　経緯を文書にまとめて送る

上司三人目の前にいて当事者としてぼくがいて茶色い机

冷静を装っていてもそれなりに動揺したし頭も痛い

大丈夫ですかと問われ大丈夫なわけはなくてもはいと答えた

ごまかさずかっこもつけずわぁわぁと泣きわめいたらよかったですか

殴られたところは痛いしテンションも妙に高いが泣きたくはない

あなたのそういうところが問題なんだって伝えつづけてきたはずだった

大ごとにしたいわけではないものを　処分を検討していると聞く

それでなくても人事異動は嵐だが懲戒処分まで乗れば雷

クアラルンプール

世界的な動きと乖離した日々を突きつけられて（さてどうしよう）

「ほんかくてきまっちゃ」と書かれた粒状のキットカットをスーパーで買う

舐めながら奥へ押し込む　チョコミントアイスをコーンに乗せてもらって

押麦とぎんなん的な実の混ざるおかゆが少し甘くてやさしい

ピューターを叩いて曲げる一団に混ざってぼくも鉢を作った

日々　その3

ごくまれに仕事を抜けて小春日の芝生の原にあおむけに寝る

太陽高度が低い　冷たい朝の風　裏の通りにある霜柱

上司の名前で送る手紙の文言の一部を変えてまた見せに行く

渋滞の最後の車のようにして遅めのランチのテーブルにつく

サラダをつけて千円強の昼食の食後に白い錠剤を飲む

碁笥から石を取るようにして粒ガムをつまんで口に一粒入れる

背筋を過信したので本日は背中に板が入っています

異常事態

今したし溜まってないしきっと出ない　わかっていてもしたくて困る

まっすぐに立っているのが辛いほど落ち着かなくて電車を降りる

さっきした、出るはずがない、頭ではわかっていてもしたくて困る

確かに出た、けれどもほんのちょっとだけ。尿意の強さと釣り合ってない

膀胱の蛇口が壊れたのだろうとあたりをつけて病院へ行く

トイレには採尿コップの蓋がありで自分でしめて窓口へ出す

診察室2番に入り簡単に検査結果を説明される

微熱があったと言うと抗生物質を五日必ず飲めと言われる

夕方に38℃まで熱が上がった　額に冷えピタを貼る
抗生剤といつもの鎮痛剤を飲み一晩眠って熱は下がった

仕事

人事という大きな波をやり過ごし次の波まで浮かんでしのぐ

部下という存在のある立場なら次の扉が開くだろうか

わかりやすい記号としての存在を拒否するために選ぶ洋服

空港の出発ロビーにいるひとと Skype 経由で会議を開く

バキバキの背中と肩と首があり今日四つめの会議に向かう

スーツの脇の汗染みなども勲章のひとつに数え扉をひらく

旅　その2

赤い電車に揺られて海へ　七貫の地魚セットに平政がある

鉄道模型《ジオラマ》のように電車がすれ違い新幹線が上を横切る

お芝居ならばこのへんで何かよくないことがぼくかあなたに起きるのだろう

断崖にほぼ水平に続く地層　川は大きく蛇行してゆく

対岸に〈赤壁〉はあり人工の小さな滝が静かに落ちる

甘いのがほしかったのに無糖という小さな文字を見落として買う

空気にも断絶があり飛行機はときどき揺れて狭間を越える

夕暮れに夏に壊れた橋を越えきらきら光る町に泊まった

明日行く建物にあるネオンサインが電車の窓の向こうに見える

コンセプトカラーは淡青《たんせい》　ワンマンの二輛の車体がホームに止まる

周辺の家に電気がついていてひとはいるのに街灯はない

青い光に沿って進めば左手にディズニーランドの花火が見える

電車　その2

通勤電車で寝ているひとの影になる　一歩左へ小さく動く

面白いほど平行に三本のしわが額に走る顔見る

鼻すじに血をにじませて軽装の男が眠る各駅停車

全く同じ髪型をした女子たちが東京駅で電車を降りる

横一列全員パンツかスパッツで膝を開いて足首を組む

硬いわりに微妙にベコベコいうものが電車の中で背中に当たる

少し余裕が出てきてすきまが目の前に見えて Google Maps をひらく

朝の電車でときどき一緒になるひとと帰りの駅でまたすれ違う

善男善女

明らかにぼくより若いドクターに眼を覗かれて暗室にいる

ビル風にあおられて骨ねじ曲がり寿命を終える新しい傘

素晴らしい世界、冷たい街角に善男善女の名が掲げられ
歩道橋で旅行者たちの真剣な家族会議が始まっている
根拠なく今は晩年ではないと信じて過ごす　春の雨降る

友人の結婚報告メールきて朝の悪夢の余韻が消える

泣きたいときには涙のたねを笑いたいときには笑顔のたねを楽しむ

本当は鳥であるのか髪の毛に白い羽毛を挟んだ彼は

風袋消去

〈風袋消去〉を押して表示をゼロにするような気持ちで朝を迎える

一生をサニーレタスだけ食べて今ここで死ぬ青いいきもの

2011年3月12日（土）早朝

飛行機が東の空に離陸するあそこでは日常が機能している

室内を外気がしずかにめぐるときからだのひだりがわだけ寒い

血圧と気圧のせいにして眠る　季節が春であればなおさら

眉毛からはみ出てまぶたに生える毛を二週に一度かみそりで剃る

2018年7月6日　松本智津夫ほか死刑執行

死ななければならない理由のあるひとが今日は7人死刑になった

身のうちに湧く感情を中和するために名付けて藍色と呼ぶ

体の下にタオルケットを巻き込んでミイラのようにまっすぐに寝る

黒地に白く浮かぶ①《マルイチ》　詳細に細部をイメージすれば眠れる

あとがき

本書には2012年から2019年の325首をほぼ編年体で収めた。旅の多い時期だったと改めて思う。これほど多く旅をすることはもう二度とないのではないかと思うほどだ。2020年に始まったパンデミックの影響があまりにも大きく、COVID-19以前の歌とその後の歌を分けてまとめたいと思ってここで一区切りとした。

「感度《sensitivity》と増幅度《gain》」ということをずっと考えている。短歌について言えば「何を題材にどのような視点で歌を詠むか」と「それをどのくらいの力加減で詠むか」。「感度《sensitivity》と増幅度《gain》」を適切に制御することが何かを表現するということの本質なのかもしれない。これからも「感度《sensitivity》と増幅度《gain》」を考えながら短歌に向き合っていきたい。

歌集の作成にあたっては石川美南さんと六花書林・宇田川寛之さんに大変お世話になりました。心より御礼申し上げます。

2021年5月5日

牧野芝草

略歴

2004年　作歌を始める。
2006年　白の会に参加。
2008年　さまよえる歌人の会に参加。
2012年　『整流』（六花書林）刊行。

連絡先
makino.siso@gmail.com

勾配

2021年７月15日 初版発行

著 者――牧 野 芝 草

発行者――宇田川寛之

発行所――六花書林
〒170-0005
東京都豊島区南大塚３－24－10　マリノホームズ１A
電 話 03-5949-6307
FAX 03-6912-7595

発売――開発社
〒103-0023
東京都中央区日本橋本町１－４－９　フォーラム日本橋８階
電 話 03-5205-0211
FAX 03-5205-2516

印刷――相良整版印刷

製本――武蔵製本

定価は表紙に表示してあります
ISBN978-4-910181-16-5 C0092